8° Y_e
L.657

AF318396

NUGAE NUPTIALES

CHEZ LES GUFFEL

(1894-1896)

PARIS

CERF, succ^r de D. JOUAUST

12, Rue Sainte-Anne

M DCCC XCVIII

CHEZ LES GUITEL

8Ye
A657

NUGAE NUPTIALES

CHEZ LES GUITEL

(1894-1896)

PARIS

IMPRIMERIE DES BIBLIOPHILES

CERF, succʳ de D. JOUAUST

12, Rue Sainte-Anne

M DCCC XCVIII

FRÉDÉRIC - LOUISE

FRÉDÉRIC-LOUISE

(30 juillet 1894)

AVANT LA NOCE

A Frédéric et à Louise.

LE HIC

Si vous croyez qu'on improvise
Des vers bien tournés avec chic,
Il faut d'abord que je vous dise
Qu'on a peu de rimes en *ic*.
Je ne puis donc pas à ma guise
Longtemps ennuyer mon public.
Pourtant je fais cette sottise ;
Mais, sans me croire un Copernic,

Permettez que je vous prédise
A tous deux votre pronostic :

A Fred :

Pour toi, jamais ne brutalise
Ta femme, comme un porc-épic,
Quand elle coud à ta chemise
Un bouton d'os ou de mastic.

A Lou :

Pour vous, laissez-le, qu'il s'instruise
Près du vivier, de l'alambic,
Pour qu'un beau matin il divise
Le bon du mauvais agaric ;
Que votre douceur civilise
Ce savant en *us*, dont le tic
Surprend le *Gobius* qui courtise
Sa femme, et redit leur trafic
Amoureux, qu'il nous cristallise
Sous sa montre, œil de basilic !...
Assez ! que cela vous suffise ;
Je n'ai plus qu'une rime en *ic*,

Après elle je me la brise :
A ta santé, Madame Frick !

Aux vieux parents ! Et je me grise,
J'avalerais de l'arsenic
A la santé de ta Louise,
De Louise et de Frédéric.

CAM.

Paris, rue Meslay, lundi 16 juillet 1894.

A MARLY

Chanson dédiée à Madame Louise Guitel.

Permettez, ma tendre Sœur,
Que je vous ouvre mon cœur
Et qu'aujourd'hui je vous dise
Combien nous aimons Louise.

REFRAIN.

A Marly ! A Marly !
Où les pigeons font leurs nids.
A Marly ! A Marly !
Tout est bien, tout est gentil !

C'est pourquoi, mon très cher Frère
A voulu se marier

Par-devant Monsieur le Maire
Et par-devant le Curé.

   A Marly ! etc.

Tout ce monde qui contemple
Les deux jeunes mariés
Vous prêche le bon exemple :
Croissez et multipliez !

   A Marly ! etc.

Mon vieux, c'est fini de rire ,
Trop tard pour te désister.
Qu'importe, on peut toujours dire :
« Buvons, le vin est tiré... »

     (Parlé.) Et il est bon.

   A Marly ! etc.

La mariée est gentille,
Nous buvons à sa santé,
Nous buvons à sa famille,
Aux bons parents Cabrié.

   A Marly ! etc.

MORALITÉ.

Voilà comme, rue Confort,
Tout en étant quincaillier,
En vendant des coffres-forts,
On devient Lacaze-Duthiers.

A Marly! etc.

FERNAND.

LE « GOBIUS MINUTUS »

LEÇON DE BIOLOGIE.

En relisant hier du *Gobius* l'histoire,
Un étrange malaise, hallucination,
Me fit voir Frédéric en son laboratoire ;
Mais j'étais le docteur, c'était lui le poisson.
L'eau qui nous séparait formait une lentille ;
J'étais fort intrigué ; c'était bien anormal
Ce *Minutus* énorme auprès d'une coquille.
Et je me demandais : « Que fait cet animal ? »
Il nageait vivement, fouillant, poussant du sable,
Se lançant dans un trou... ; mais je le vis trembler,
Puis pâlir, s'agiter... fièvre indéfinissable !
Hélas ! qu'avait-il donc ? S'il avait pu parler !
A cet instant précis, un second personnage
S'offrit à mes regards ; aussitôt je compris
Et l'émotion grande et l'étonnant courage

De ce vieux Frédéric : tous deux s'étaient épris.
Cet autre *Gobius* si frais, c'était Louise
Que je reconnus bien à ses jolis yeux noirs.
Il travaillait pour elle à sa grande entreprise
Depuis quatre ans déjà, sans peur des désespoirs.
Tous ces sillons creusés, ces sables qu'il entasse,
Sont autant de degrés rapprochant l'avenir ;
Ces graviers qu'il disperse ou pierres qu'il pourchasse
Sont obstacles détruits qu'il ne veut plus gravir.
Leur nid est bien caché sous cette pyramide
Plus grande que Chéops, ferme au milieu de l'eau.
Mais je crois bien qu'ils vont peupler leur thébaïde,
Car mes deux *Gobius* se frottent le museau.
Si le seuil de leur case était plein de pierrailles,
Nous verrions sans tarder *Gobius* Frédéric
D'un coup de son plumeau tout recouvert d'écailles
Disperser les intrus. Tel, le balai des Frick.

Une ride ternit les ondes translucides,
La vision s'enfuit ; plus de sillons, d'autel.
Sur la grève il restait deux peaux de chrysalides,
Louise Cabrié, puis Frédéric Guitel.
Louise Gobius, voudrais-tu me permettre

De te donner, sans frais, un excellent conseil?
C'est un avis très franc que tu pourras admettre :
N'imite pas toujours ce poisson sans pareil.
Jamais il ne faudra, si des enfants te viennent [1],
Les coller au plafond ainsi qu'au Muséum.
Qu'il serait beau pourtant, à supposer qu'ils tiennent,
De meubler d'objets d'art tout ton capharnaüm !

Émile.

____

1. Geneviève est née le 24 Mai 1895.

CHANSON DU « GOBIUS ».

————

Air du *Roi d'Yvetot*.

Il était un petit poisson
    Peu connu dans l'histoire ;
A Roscoff, un jour, l'hameçon
    Accrochait sa nageoire.
Quel était cet olibrius ?
C'était le petit *Minutus*
      Gobius.
Venant, ô Frédéric Guitel,
Se présenter sous ton mortel
      Scalpel.

On le plaça dans l'aquarium
    A fond couvert de sable,
On examina son rectum :
    Il était présentable.

Puis un coquillage arrondi
Devint son logis favori,
　　Son nid.
Il balaya les alentours
Pour y recevoir ses bien courts
　　Amours.

Un beau matin, il vit ses vœux
　　Exaucés, car sa belle,
Répondant au pauvre amoureux,
　　Ne fit plus la cruelle.
Paré de plus vive couleur,
Rendu par un si grand bonheur
　　Trembleur,
Il traita comme un Lucullus
La belle Madame Vénus
　　Gobius.

Ils vécurent ainsi longtemps,
　　Donnant à tout le monde
L'exemple des parfaits amants.
　　L'union fut féconde :
Ils eurent deux cent mille enfants

Tous de plus en plus épatants,
				Mamans !
En voyant tout ce peuple-là
On croit qu'ils les faisaient à la
				Papa !

A leur mort, Dieu les rappela
				Pour une onde plus pure.
Voici le trésor qu'on trouva
				Sous leur humble toiture.
Examinez bien son profil
Ce n'est pas un poisson d'avril
				Subtil,
Il parle et voici ce qu'il dit :
« Rappelez-vous votre joli
				Marly ! »

									CAM.

SIMPLE DISCOURS

Je vous avouerai sincèrement, chers convives, que je
ne me sens pas le courage de me répéter et de vous parler
comme je l'ai fait l'année dernière, au mariage de Julie,
en patois marlychois. Mes rimes paysannesques ont peut-
être appelé ce jour-là un sourire sur vos lèvres, et
comme je sais que vous, messieurs mes fils, et vous, mes-
dames mes filles, si bonnes tapettes, vous êtes tous passablement enclins à la causticité, disposition maladive que
vous avez évidemment puisée dans le sein maternel, je
craindrais, en vérité, de donner lieu, je ne veux pas dire
à vos railleries, mais à vos exclamations malicieuses qui
ne laisseraient pas que d'être irrévérencieuses à mon égard.
Je m'exprimerai donc en humble prose, car je veux dé-
sormais renoncer à traduire ma pensée en un langage qu'il
me répugne maintenant d'employer, celui d'aligner des
vers plus ou moins rocailleux.

Que vais-je donc vous dire, puisqu'on s'attend à une petite allocution de ma part ?

Je ne veux pas vous assommer de banalités passées de mode et qui consistaient autrefois à faire en termes pompeux l'éloge des nouveaux époux et qu'on qualifiait d'épithalames. Il ne m'appartient pas d'ailleurs, en ma qualité de père du marié, de m'étendre trop élogieusement sur son compte et de vous ennuyer, ainsi que lui, sur le parti qu'il a cru devoir prendre de s'écarter du chemin que j'ai suivi moi-même, c'est-à-dire de diriger les hommes qui bâtissent des maisons; il n'a pas voulu être *entrepreneur de bâtisses*. Je ne l'en blâmerai pas, tant s'en faut, mais vous me pardonnerez de faire là-dessus mes petites réflexions.

Il a préféré fouiller dans les entrailles d'innocentes victimes, non pas pour consulter l'avenir, comme le faisaient jadis les sacrificateurs des Gaulois, nos glorieux ancêtres, mais pour y étudier la structure de leur corps et nous en faire lire des descriptions baroques, en se servant d'un style capable de vous figer le sang dans les veines. On appelle cette belle science-là la zoologie, l'anatomie comparée, je ne sais comment. Je ne comprends rien, absolument rien à toutes les balivernes qu'il a écrites à ce sujet, qu'il a même osé faire imprimer, et qu'il a de plus agrémentées d'un tas de dessins drôlatiques et passablement cocasses sur lesquels je me hasarde rarement à jeter les yeux. Ceux qui se livrent à ces sortes de passe-temps me semblent des originaux bons à mettre en cage ou sous verre, à votre choix, comme ils y mettent eux-mêmes un tas de vilains animaux qu'on va leur chercher au fond de la mer, et d'autres créatures vivant sur terre qui affectent des formes presque apocalyptiques.

Je me demande à cet effet quel courage, quel dévoûment il a fallu à ce pauvre patriarche Noé, quand il a été forcé de recueillir et d'introduire dans son arche les millions d'êtres plus ou moins dégoûtants qui grouillent sur notre terre depuis le commencement du monde, tel que les tarasques, les vipères, les cloportes, scorpions, asticots, chenilles et limaces et autres bêtes faramineuses difficiles à apprivoiser. Il est vrai de dire qu'il n'avait pas besoin à ce moment-là d'y joindre encore tous les poissons qui frétillaient dans leur élément liquide, sans souci du déluge.

Eh ! bien, il se trouve des hommes assez malheureusement et fatalement inspirés, qui mettent leur esprit à la torture et qui passent leur vie entière à se creuser la cervelle, pour examiner à l'aide d'un microscope et décrire

3

ces êtres fantastiques et horripilants dont la vue est peu attrayante, il faut en convenir. Et l'on paye très cher les insipidités de tous ces gens-là ! Au diable leur jargon scientifique, énervant et éminemment soporifique ! J'en aurais trop long à dire et je dédaigne d'exercer plus long-temps ma critique sur les insanités dont ils se plaisent à nous entretenir.

Seulement, je trouve extraordinaire et superlativement épatant, pour employer cette locution dont on abuse, qu'une jeune personne, bien élevée, d'un charmant carac-tère, qu'on n'a pas trop de déplaisir à regarder d'ailleurs, ait pris l'étrange et singulière détermination d'accepter pour seigneur et maître un bon garçon sans doute, mais un peu toqué, dont la valeur intellectuelle, vu sa vocation, doit être cotée à vingt-cinq degrés au-dessous de zéro, qui, en tête à tête, lui parlera de foraminifères siliceux, de vibrions, de *gobius minutus*, de bactéries, de lépado-gasters Gouanii et d'autres individus du genre poisson-neux et autres. Faut-il que je lui dise : « As-tu fini, tu me donnes la chair de poule ? »

Enfin, que voulez-vous ? Cette chère enfant a sa toquade aussi. Mademoiselle Louise Cabrié, égarée, fascinée, hypnotisée et électrisée par la lecture et l'audition de cet argot diabolique, a consenti à s'appeler Madame Frédéric Guitel, et j'ai bénévolement, moi, homme de sens rassis, ainsi que la bonne dame qui a l'honneur insigne de porter mon nom, répondu à Mòssieu le Maire, par un *Oui* bien accentué à la question qu'il nous a faite : « Consentez-vous au mariage de M. Frédéric Guitel, votre fils, avec Mlle Louise Cabrié ? » De leur côté, Monsieur le docteur Cabrié et Madame Cabrié, n'ayant pas eu besoin de faire trop de violence à leur demoiselle, ont suivi notre exemple. — Nous l'avons prononcé tous les quatre ce fameux *Oui*. — Les deux enfants, entraînés et cédant à un mouvement irrésistible et liés en outre par les mêmes aptitudes, ayant fait vœu du reste de ne pas rester célibataires, ne se sont pas fait trop tirer l'oreille pour prononcer la particule affirmative, et puis le magistrat, ceint de son écharpe, a fait entendre ces mots sacramentels : « Au nom de la loi, je vous déclare unis par le mariage. » *Amen !*

Alors nos deux jeunes gens, très satisfaits l'un de l'autre et au comble de leurs désirs, se sont trouvés enchaînés pour la vie. Que la Providence veille sur eux et les préserve de tout maléfice !

Et puis voilà une jeune fille qui va s'en aller tout à

l'heure avec son mari dans la Basse-Bretagne, je ne sais
où, en Palestine peut-être, à Capharnaüm, sur le bord du
lac de Tibériade, se livrer avec lui, car il l'y contraindra,
à l'exercice intéressant de la pêche à la ligne pour ame-
ner au bout d'un hameçon les descendants des hôtes
muets du liquide empire qui s'accouplaient du temps de
Jésus-Christ. Gare à toi, *Gobius minutus!* Gare à vous,
baudroies, blennies et lamproies, et vous autres, poissons
acanthoptérygiens... Ouf! Comprenez-vous? Moi, j'en
deviens blême. Vous saurez que le fameux lac de Tibériade est un des bassins d'eau les plus poissonneux du
monde, d'après ce que nous a dit Monsieur Renan; je
veux bien l'en croire. Je la plains, la pauvre enfant!

Et si vous appelez ça une distraction matrimoniale,
eh! bien, je vous retiens, vous n'êtes pas difficile. Moi,
ça me rend perplexe, et j'en suis tout déséquilibré. Je
tremble même que ma femme, finissant par me voir ré-
duit à un état piteux et lamentable, ne m'intente une ac-
tion en divorce, quoiqu'il y ait plus d'un demi-siècle que
nous nous contemplons réciproquement. Vous voyez ça
d'ici.

Si vous trouvez que je ne parle pas raisonnablement,
je changerai de ton, et, pour remplir la tâche que je me

suis imposée, tout en faisant mes restrictions mentales relatives aux occupations de notre disciple de la Sorbonne, et voulant garder au fond de ma conscience mes pensées intimes, je vous déclare néanmoins que j'aime très fort ces nouveaux mariés, rapprochés par une grande sympathie et avides d'accomplir simultanément et la main dans la main le pèlerinage de la vie, et je demanderai à notre jeune et gentille belle-fille la permission de l'embrasser sur les deux joues, devant tout le monde. Je veux aussi congratuler monsieur mon fils, docteur ès sciences naturelles et..... aquatiques, d'avoir fait un pareil choix qui ne dénote pas, ce me semble, un trop mauvais goût. J'ai dit.

Grand-Père.

CAMILLE-FLORE

(10 septembre 1885)

CAMILLE - FLORE

(29 septembre 1896)

A UN REPAS DE NOCES

UN JOUR DE SAINT-MICHEL

A l'engeance diabolique des Guitel, petits et grands,
mâles et femelles, et autres citoyens et citoyennes, ici
présents, qui ne valent guère mieux : les Piton, les Bémont, les Berneront, les Frick, en un mot, toute la
satanée boutique des noceux ! Tous ces gens-là composent,
suivant moi, une clique infernale. Une seule personne,
une seule, n'est pas comprise dans cette catégorie inté-
ressante, et cette personne, c'est moi. Je rougirais d'être

4

confondu avec ce monde interlope, quoique je me voie forcé de l'admettre à ma table. J'ai l'honneur de vous saluer. *Amen !*

Prologue en style académique.

Ne me reprochez pas de faire de la pose.
Quand je dis quelques mots, je crains toujours qu'on glose.
Voulant à ma pensée ouvrir un libre cours,
Sans assommer les gens, bref sera mon discours.
Or, je n'attends de vous que marques bienveillantes

(*Pour me remercier de mes politesses*).

Veuillez donc supporter quelques phrases touchantes.
Mais je n'obtins jamais, ça doit vous être égal,
Le prix de rhétorique au concours général.

Voici ces strophes touchantes. Surtout ne pleurez pas, ça me ferait de la peine.

Air : *J'aurais des chiffons d'mousseline.*
Si j'étais le Roi.

A voir c'qui s'pass' dans l'monde,
On est épaté,

Partout l'ridicule abonde,
    Ça met en gaîté.
Près d'un coquardeau stupide,
    Fier de son argent,
Quoiqu'son cerveau soy' ben vide,
    On est d'la Saint Jean.   (*bis*).

J'fis hier la connaissance
    D'un sal' pistolet
Riche et rempli d'arrogance,
    Un rossard parfait.
Aux yeux de c'fripon qui brille,
    L'honnête artisan
Qui végèt' dans sa coquille
    N'est que d'la Saint Jean   (*bis*)

A c'te réunion d'famille,
    J'voyons pas d'fâcheux,
Ni d'sot qui s'vante et babille,
    Pas d'éclabousseux ;
J'allons à la bonn' franquette,
    Faut pas fair' trop d' vent.
Devant les gros qu'ont d'la galette,
    J'somm's que d'la Saint Jean (*bis*)

Voulez-vous dans vot' ménage
    Conserver la paix ?
Si vot' moitié d'vient volage,
    N'vous plaignez jamais.
Parfois quand all' vous cherch' qu'relle,
    Vrai, c'est enrageant,
Mais laissez-vous m'ner par elle
    Comme un p'tit Saint Jean.   (*bis*)

N'oublions pas qu'c'est la fête
    De la mèr' Michel,
Et l'envi' m'pass' par la tête
    D'lâcher mon grain d'sel.
Si queuqu'un la trouv' mauvaise,
    C'est qu'il est pointu,
Qu'il aill' donc s'mett' à son aise
    Chez l'pèr' Lustucru   (*bis*)

J'n'avons pas besoin d'vous dire
    Qu' j'ons quatre-vingts ans.
C'est pas à vous à m'maudire
    D'avoir trente enfants,
Dans cent ans, si j'vit encore,
    Vous s'rez tous ben vieux,

Et je n'marierons pas d'Flore
    Par un temps pluvieux   (*bis*)

Pour finir ma chansonnette,
    Je r'prends mon sérieux.
J'suis sûr qu'eune union parfaite
    S' f'ra cheuz nos marieux.
Sans m'soucier du déclin d'l'âge,
    J'espérons pourtant
Danser, avant l'grand voyage,
    A leux noc's d'argent.   (*bis*)

Parlé.

Eh ! ben, au bout du compte, j'n'aurions jamais qu'cent cinq ans. V'la-t-i pas ?... Mon gend' en compterait soixante et dix-neuf, et, pour ouvrir l'bal, y m' f'rait vis-à-vis avec sa bell'mère qui gigoterait core à quatre-vingt-quinze ans. Qui qui' sait? Y march'raient p'têt' tous les deux avec dé béquilles, tandis qu' moi, j'gambad'rais avec Geneviève ou Françoise. Vous voyez ça d'ici... Ça s'rait vraiment rigolo.

Là dessus, j'vous donnons not' bénédiction.

GRAND-PÈRE.

LA DEMANDE EN MARIAGE

D' quatre-vingt-seize un matin,
V'là c' que s' disait le rapin
Piton, l'artist' sans tignasse,
   D'Montparnasse :
« La grand' fille au pèr' Guitel
Qui fait si bien l'aquarelle
M'a tapé dans l'œil, je crois,
   A Marly-le-Roi. »   (*bis*)

Passant d'vant un Rambuteau,
Le v'la qui se dit tout haut :
« Il faut que je fass' ma d'mande
   A ma tante.
Je devrai-z-être rupin
Pour aspirer à sa main,

Fair' valoir tous mes talents
   Auprès des parents.   (*bis*)

Car si je sais dessiner
Je sais aussi versifier,
A l'huil' je fais d'la peinture,
   D' la gravure,
J' fais des tableaux pour Sardou
Qui dénotent mon bon goût,
Que l'on expose à Marly,
   Dedans la mairie. »   (*bis*)

Aussitôt dit, il arbore
Son gibus aux larges bords,
Et, collant dans sa profonde
   Sa toqu' ronde,
Il s' dit : « Sacré nom d'un chien,
Y aurait l' Métropolitain
Qu'j'aurais vraiment pas besoin
   D'attend' comme un s'rin.   (*bis*)

Mais comm', dans la capitale,
Le conseil municipal
N' fait pas, avec sa poudrette,
   D' la galette,

J' suis forcé à contre-cœur
De dir' : Mon vieux conducteur
Je suis l'artiste Piton,
   Tiens, v'là mes six ronds. »   (*bis*)

A la gare Saint-Lazare
L' véhicule l' mèn' dar'-dare
Et r'tirant son haut-de-forme
   Il s'informe
Près d'un employé du train
Ous' qu'on prend c' bout d' carton peint
Que la bonn' femm' du guichet
   Appelle un ticket ;   (*bis*)

Sur l' quai, majestueusement,
Choisit son compartiment ;
Dans un coin qui fait sa balle
   Il s'installe ;
Tirant d' sa poche un crayon,
Il croque le potiron
D'un type à superbe nez
   Pour *l'Art au foyer*.   (*bis*)

Puis il se dit : « Nunc et hic,
Si j' sortais de mon carrick

Marly, c' livr', soporifique
 Énergique ? »
Aussitôt fait, nom d'un' brique !
Il s'endort comme un' bourrique,
Brûl' Marly !.... mais v'là le hic,
 J' n'ai plus d' rime en *ic* (*bis*)

On l' réveille à Saint-Germain
Après une heur' du matin ;
N' veut pas rester comme un bonze,
 Prend l' train onze.
Pour aller chercher sa Flore
Remue ses bott's comm' Pandore,
Puis, ouvrant vit' son compas,
 Arrive à grands pas. (*bis*)

Il frapp', mais tout l' mond' roupille.
« Qu'est-c' qu'est là ? » — « C'est moi, Camille,
Qui viens vous d'mander vot' fille
 Si gentille. »
« Qué qu' tu veux en faire à c't' heure ? »
— Qu'on lui répond d' l'intérieur —
« On va t'accuser, — malheur ! —
 D'enlèv'ment d' mineure ! (*bis*)

5

Après bien des pourparlers
On finit par l'accepter,
D'mande à voir de sa future
     La figure.
Le pèr' dit : « T'as pas d'galette,
Mais t'es rempli d' talents chouettes,
Et puis, t'aim' les d'Orléans....
     Mon vieux, tap' là d'dans. »   (*bis*)

ROBERT. — ROGER.
MAURICE.

LA DÉESSE FLORE

Hier papa m'a dit · « Denise,
Voudrais-tu faire une surprise
    A tous, demain ? »
— Bien sûr, mais ça n'est pas facile,
Parce qu'il faut rester tranquille
    Jusqu'à la fin.

D'abord, je ne sais pas de fable.
Mais je pourrais avec du sable
    Faire un gâteau ;
La surprise serait très *chique,*
Tout le monde aurait la colique.
    Ah ! quel tableau !

Ma tante ! Un jour, mademoiselle
M'a dit à moi seule, près d'elle,
    En m'embrassant :

« Flore est une belle déesse
Qui fait des fleurs grande vitesse
          En souriant. »

Si j'étais comme toi, ma tante,
Déesse, je serais contente,
          Et tous les jours
J'inventerais des fleurs nouvelles
Sentant le sirop, douces, belles
          Et en velours.

Les déesses, c'est donc des fées?
Ou bien, c'est comme des poupées,
          Et c'est en bois,
Et ça n'a jamais la colique?
C'est peut-être une mécanique?
          Ça, je le crois !

Mon oncle il est aussi déesse,
Dis? Mais pas de la même espèce?
          Probablement
Que ces bêtes-là, par nature
Ont des cheveux sur la figure
          En vieillissant.

Denise.

CONSEILS AUX ÉPOUX PITON

Gai ! Gai ! réjouissons-nous,
Qu'on honor' Camille et Flore !
Gai ! gai ! réjouissons-nous,
Buvons aux jeunes époux !

A Flore.

Pour consacrer votre union,
L'curé bénit ton alliance.
C'est qu' tu trouv's à ta conv'nance
L'anneau du serpent Python.

Gai ! gai !

Pour faire un' bonne maison,
Tu t'es dit dans ta jugeotte :

« Quand on n'a pas de bank-note
Il faut avoir du piton. »

   Gai ! gai !

Mais, pour toi, quell' sujétion !
Dans les liens de l'hyménée.
Tout' la vie enchifrenée,
Parlant toujours du piton !

   Gai ! gai !

Si souvent brûl' le torchon
Après six s'main's de mariage !
Pour te pendr', dans ton ménage
T'auras toujours un piton.

   Gai ! gai !

Surtout comme un hanneton
Ne va pas à l'aveuglette ;
Tu peux mettre des lunettes
Énormes sur ce piton.

   Gai ! gai !

S'il désertait la maison
Tu le r'trouv'rais, car un signe

Particulier le désigne :
Un trou profond sous l' piton.

    Gai! gai!

Veux-tu savoir sa façon
De penser, pour ta gouverne?
En prenant un air paterne
Tir' lui les vers du piton.

    Gai! gai!

Chez nous l' dernier rejeton
C'est la petite Françoise ;
Dans neuf mois on t' cherch'ra noise
Si n'y a pas de p'tit Piton. [1]

    Gai! gai!

Puisqu' tes enfants s'ront bretons
Du côté de leur grand-père,
Qu'au moins, sœur de quincaillière,
Ils n'aient pas d'vic's, tes pitons.

    Gai! gai!

1. Hélène est née le 5 mai 1898.

Comm' Baucis et Philémon
Soyez des arbr's magnifiques,
Poussez des bourgeons rustiques,
Ça s'ra la Flor' du Piton.

     Gai ! gai !

A Camille.

Flor' s'ra toujours ton tendron ;
Pas d' danger qu' ton poil blanchisse,
Pas d' danger qu'tu t' refroidisses.....
N'y a plus de neige sur l' piton.

     Gai ! gai !

Envoi.

De ces vers de mirliton
Chacun se fiche une bosse,
Histoir' d'égayer la noce
D' Monsieur et d' Madam' Piton.

     Gai ! gai !

Émile.

AVEUX

Ma foi ! Je n'ai qu'un mot à dire.....
Ce n'est pas ce que vous croyez.
Je ne peux m'empêcher de rire,
Pourtant je ne suis pas grossier.
Et d'abord, est-ce bien la peine
Pour moi de vous parler ici ?
De plus, je ne suis pas en veine
Et le moment est mal choisi.
Faire l'éloge de ma femme
Serait tout à fait superflu ;
Ce serait l'éternelle gamme :
Je l'ai voulu, tu l'as voulu !
Chacun me chante sa louange :
« Quelle perle vous épousez ! »
— Je suis une huître ! — « C'est un ange ! »
— Dans les démons vous me posez.

Mais voici ce qui me taquine ;
On me dit : « Flore est un trésor... »
— Moi aussi ! Je suis une mine....
Pas d'argent, encore moins d'or, —
De tendresse !

    Épouse parfaite,
Écoute un peu la vérité
Sur les défauts que l'on me prête....
Et fais toujours ma volonté :
1º Lorsque je dirai quelque histoire,
Travaille à la bien débrouiller
Sans te décrocher la mâchoire,
Car je te défends de bailler.
2º Avec moi si tu veux bien vivre
Dans notre petit entresol,
Ne te sers jamais pour le cuivre
D'une goutte de vitriol.
3º Il se peut que cela t'embête ;
Je suis breton et entêté :
Tu n'iras pas à bicyclette,
C'est très mauvais pour la santé.
4º Si tu veux que je t'obéisse
Alors ne me commande rien !

Et tu seras ma Pythonisse.....
Maintenant embrasse-moi bien !

Peut-être parais-je baroque,
Et peut-être vous moquez-vous.....
Eh ! bien, mon mot est : « Je m'en moque...:. »
Qui donc a redit : « Comme nous... ? »

CAM.

UNE FAMILLE FRANÇAISE

PENDANT TROIS SIÈCLES

Vires acquirit eundo.

CHAPELAIN (Thomas)

Né entre 1580 et 1585, *décédé* le 21 mars 1654.
Épouse, en 1606, Barbe-Marie, *née* vers 1585, *décédée* le 30 juin 1652.

|

CHAPELAIN (Victor)

Né en 1607, *décédé* le 31 mars 1672.
Épouse Barbe Guérard, *décédée* le 24 mars 1672.

|

CHAPELAIN (Vigor), *maître menuisier à Paris*

Né entre 1658 et 1663.
Épouse Aimée Brouard.
Une fille, Catherine, qui épouse Guitel (Nicolas).

I — GUITEL (Jacques), *jardinier*

Né entre 1658 et 1660, *décédé* le 20 mars 1691.

Épouse Jeanne Perrin, qui *mourut* le 22 avril 1713, *fille* de Jean Perrin, *décédé* le 4 octobre 1660, et de Madeleine Adam, *décédée* le 26 septembre 1652.

Un fils, Nicolas, qui suit.

II — GUITEL (Nicolas) *jardinier*

Né en 1683, *décédé* le 23 août 1739.

Épouse, le 15 octobre 1708, Catherine CHAPELAIN, *décédée* le 11 septembre 1727.

1 Marie-Catherine, 24 juillet 1709.
2 Anne-Catherine, 27 juin 1711.
3 Marie-Jeanne, 13 sept. 1713.
4 Charles-Nicolas, 12 novembre 1715, *décédé* le 15 février 1716.
5 Jeanne-Catherine, 21 juillet 1718.
6 Jeanne-Claude, 22 décembre 1720.
7 Nicolas, qui suit.

III — GUITEL (Nicolas), *maçon*

Né à Marly, le 25 juillet 1723, *décédé* le 16 nov. 1785.

Épouse, en premières noces, Jeanne HORAIST, *et en secondes noces*, le 25 février 1754, Marie-Geneviève-Catherine GOBINARD (1), *née* à Louveciennes.

Du premier mariage sont nées :

1 Jeanne-Catherine, 5 mai 1750.

2 Rose-Victoire, 28 décembre 1752.

Du second mariage sont nés :

1 Mathieu-Nicolas, 1er juillet 1755.

2 Thomas, qui suit.

3 François, 23 août-7 septembre 1757.

4 Marie-Geneviève, 26 octobre 1758.

5 Marie-Catherine, 23 février 1759.

6 Guillaume, 22 février 1765.

7 Charles-Jacques, 25 juillet 1766.

8 Madeleine-Geneviève (Tante Sarah), 22 avril 1770.

9 Louis (Le beau Louis), 18 mars 1772.

10 Louis-Nicolas (Colin, dit Franc-Cœur), 2 juin 1775.

---

1) « Une Marguerite Gobinard, morte à Louveciennes, âgée de 97, était la cousine germaine de mon grand-père Nicolas Guitel. »

IV — GUITEL (Thomas), *maître-maçon*

Né à Marly, le 12 mai 1756, décédé le 25 décembre 1832.

Épouse, le 18 octobre 1784, Catherine-Sophie DESLANDES, *née à Marly*, le 25 janvier 1759, *décédée* le 20 janvier 1836. Elle était fille de Thomas DESLANDES, *paveur du Roi* au château de Marly, *décédé* le 26 septembre 1765, et de Catherine LARCHET, *décédée* en 1769.

1 Catherine-Joséphine, 22 octobre 1785, *épouse* Pierre LECOMTE.
2 Jacques-Thomas, qui suit.
3 Marie-Catherine, 25 novembre 1787.
4 Marie-Anne-Catherine, 22 avril 1789.
5 Marie-Marguerite 23 avril 1790.
6 Étiennette, 27 décembre 1791.
7 Angélique-Charlotte, 22 messidor an VII, *décédée* le 21 germinal an X.

V — GUITEL (Jacques-Thomas), *maître-maçon*

Né le 22 octobre 1786, *décédé* le 31 juillet 1856.
Épouse, le 2 mai 1815, Alexandrine-Sophie-Ernestine Couturier, *née* à Louveciennes (ferme de Prunay), le 22 juillet 1797, *décédée* à Marly le 5 avril 1875.

1 Thomas-Félix, qui suit.

⨯

2 Uranie-Sophie-Épicharis, *née* en septembre 1818, *décédée* le 7 avril 1875. *Épouse*, le 18 janvier 1840, Émile-Théodore-Marie Piton, *né* le 20 avril 1806, *décédé* le 18 août 1880.

|

Alexandre-Marie, 12 oct. 1840 — 10 février 1886.
Camille-Marie, 12 janvier 1842.

⨯

3 Ernestine-Octavie, *née* le 20 juin 1835.
Épouse, le 31 janvier 1856, Henry-Louis-Marie Charpentier, né à Trianon (Versailles), le 8 octobre 1824, *décédé* à Étampes le 26 mars 1880.

|

Alexandre-Henry-Octave, 15 nov. 1856-3 mai 1883.
Joseph-Alexandre-Félix-Marie, 12 avril 1863.

VI — GUITEL (Thomas-Félix), *maître-maçon*

Né le 4 mars 1816, *décédé* le 3 mars 1898.

Épouse, le 13 mai 1843, Flore-Laurence BERNERONT, *née* le 2 février 1826; *fille* de Jean BERNERONT, *maître-paveur* et de Adélaïde BILORÉ; *sœur* de Charles BERNERONT et de Aubertine-Alphonsine-Malvina, veuve BÉMONT.

1 Henri, 10 avril 1844; *épouse* le 18 sept. 1880 Mélanie RECULARD, veuve Bailly, *née* le 12 octobre 1856.

|

Marceline, 19 mai 1882.

╳

2 Paul-Émile, 23 mars 1846, *décédé* le 2 novembre 1885; *épouse* le 3 juillet 1873 Émilie DUPONT, *née* le 16 avril 1851.

|

Paul, 9 juin 1874.

╳

3 Fernand-Emmanuel-Olivier, 16 avril 1848; *épouse,* le 14 août 1877, Marie BERNERONT, *fille* de Charles, *née* le 13 octobre 1856.

|

Roger, 26 novembre 1879.
Germaine, 8 septembre 1881.

4 Félix-Jules, 22 décembre 1849 ; *épouse*, le 24 mai
   1873, Célina DAGOMEY, *née* le 18 novembre 1852.

   |

   Flore, 30 avril 1878.
   Madeleine, 8 février 1880.

   ✕

5 Émile-Jacques, 5 mai 1852 ; *épouse*, le 26 février 1881
   Camille-Émilie-Eugénie JACQUIN, *née* le 1ᵉʳ mai
   1854.

   |

   Pierre, 27 janvier 1882.
   Yvonne, 17 février 1887.
   Simone, 29 mars 1889.
   Denise, 5 mai 1891.
   Jean, 17 octobre 1893.
   Françoise, 24 février 1896.

   ✕

6 Henriette-Louise-Marie, 10 août 1856 ; *épouse*, le
   5 janvier 1878, Émile JACQUIN, *né* le 17 avril
   1851, *décédé* le 15 janvier 1891.

   |

   Robert, 6 novembre 1878,
   Fernande, 16 mars 1887.
   René, 10 février 1889.

   ✕

7 Frédéric-Sylvain, 14 août 1861 ; *épouse*, le 30 juillet
1894, Louise-Catherine-Gabrielle-Marie Cabrié,
née le 22 décembre 1863.

|

Geneviève-Gabrielle-Marie, 24 mai 1895.

×

8 Flore-Pauline-Frédérique, 3 mars 1863 ; *épouse*, le
29 septembre 1896, Camille Piton, *né* le 12
janvier 1842.

|

Hélène-Marie, 5 mai 1898.

×

9 Alexandre-Marie-Joseph, 28 août 1866 — 11 décembre 1887.

×

10 Julie-Caroline, 7 novembre 1868 ; *épouse*, le 24 juin
1893, Guillaume (Willy)-Eugène Frick, *né* le
20 juillet 1867.

|

Jean-Jacques, 10 décembre 1894.

———

...Uno avulso, non deficit alter
Aureus, et simili frondescit virga metallo.

———

TABLEAU GÉNÉALOGIQUE DRESSÉ EN DÉCEMBRE 1886
ET CONTINUÉ JUSQU'EN MAI 1898.

Achevé d'imprimer
Le 18 juin 1898
à l'Imprimerie des Bibliophiles
sur les types de Damase Jouaust
par L. Cerf
12, rue Sainte-Anne
Paris

BIBLIOTHEQUE NATIONALE DE FRANCE
3 7502 01443187 0

www.ingramcontent.com/pod-product-compliance
Ingram Content Group UK Ltd.
Pitfield, Milton Keynes, MK11 3LW, UK
UKHW021646130726
13696UKWH00004B/1447